Julien GUADET

1834-1908

JULIEN GUADET

1834 – 1908

JULIEN GUADET

1834-1908

ALLOCUTIONS PRONONCÉES

AUX OBSÈQUES

NOTICE BIOGRAPHIQUE

PAR

M. EDMOND PAULIN

JULIEN GUADET

1834-1908

ALLOCUTIONS PRONONCÉES

AUX OBSÈQUES

NOTICE BIOGRAPHIQUE

PAR

M. EDMOND PAULIN

ALLOCUTION

DE M. LÉON

Chef de division au sous-secrétariat d'État des Beaux-Arts

AU NOM DU SOUS-SECRÉTAIRE D'ÉTAT

Au nom du sous-secrétaire d'État, j'apporte à la mémoire de Julien Guadet l'hommage de l'Administration des Beaux-Arts, à laquelle il a consacré cinquante ans d'un incessant labeur, dont la mort, vous le savez tous, a marqué le premier repos.

Héritier d'un nom glorieusement entré dans l'histoire, il appartenait à la race des grands serviteurs du pays. Son esprit était formé par la rare et harmonieuse rencontre des plus belles qualités françaises : la droiture du jugement innée comme un véritable instinct, un sens aigu de la critique tempéré par la vigueur de la décision, une lumineuse raison, reflet de la plus noble conscience.

Entré de bonne heure dans cette incomparable phalange des Architectes des Bâtiments civils, dont il devait devenir un des plus éminents maîtres, il n'avait pas tardé à s'imposer par la force de son talent, par la valeur de ses services. « La hiérarchie, disait-il à ses élèves, établit officiellement les grades et les rangs ; mais bien vite celui qui a mérité d'être le second du chef le devient en réalité, fût-il après tous les autres. » Ainsi devint-il le second, ainsi devint-il le chef, dans toute l'acception du terme, parce qu'il était de ces hommes qui ne reculent pas devant les tâches difficiles, qui savent mesurer les responsabilités les plus périlleuses, qui dans leur œuvre multiple d'artiste, de conseiller, d'éducateur, honorent les titres qu'ils portent et grandissent les fonctions qui leur sont confiées.

Un monument impérissable a porté au-delà de nos frontières le renom d'un enseignement dont s'enorgueillira longtemps notre École nationale des Beaux-Arts. Mais Julien Guadet en avait élevé un autre, que bien peu ont été appelés à connaître. Je veux parler de ses innombrables rapports d'architecte et d'inspecteur général, riches de forte et ingénieuse pensée, d'une pureté de langue véritablement classique, d'une souplesse d'expression égale à la difficulté des problèmes, d'une élégance qui parait la technique la plus ardue. Pour cette tâche quotidienne, obscure, inconnue, sans gloire, il dépensait en prodigue le meilleur de ses forces et de son talent, car il pratiquait comme un dogme intangible le sacrifice des intérêts personnels au bien public, des individus à l'État.

Ceux-là seuls le savent, qui l'ont vu assis à la table du Conseil général des Bâtiments civils ou de la Commission des Monuments historiques. Dans ces assemblées auxquelles parviennent de tous les points du territoire tant de complexes problèmes, mêlant les intérêts les plus variés, opposant les tendances les plus contraires, il était celui dont on attendait toujours la parole décisive de vérité. Doué d'une puissance d'analyse géniale, il envisageait tous les aspects, toutes les possibilités, dégageait la pensée de chacun, conduisait les discussions au but, dictait les conclusions et les avis, avec une hauteur de vues, une maîtrise d'intelligence, une énergie de caractère que n'avaient pu entamer ni l'âge ni la maladie, et qui pendant de longs mois, forçant l'admiration de tous, parut défier la mort même.

Messieurs, ce n'est point par de vaines louanges qu'il convient d'honorer ceux qui laissent une grande mémoire. Celui qu'accompagnent ici tant de regrets n'en a pas mérité de plus belle et n'en eût pas voulu d'autre que l'exacte et fidèle image de son œuvre et de sa vie. Rien ne saurait y ajouter, rien ne pourrait s'en retrancher. L'Administration des Beaux-Arts gardera intact son souvenir, elle maintiendra ses traditions, et, dans le large sillon qu'il a tracé, d'autres recueilleront longtemps encore les fruits de sa haute sagesse et les leçons de son exemple.

ALLOCUTION

DE M. BONNAT

Membre de l'Institut
Directeur de l'École nationale et spéciale des Beaux-Arts

Messieurs,

La mort qui, depuis la disparition de mon illustre prédécesseur, Paul Dubois, avait été clémente pour l'École des Beaux-Arts, vient de frapper cruellement ce grand établissement en la personne de Guadet, un de ses professeurs les plus utiles, les plus érudits et les plus vénérés.

Julien Guadet était né le 23 décembre 1834, à Paris; il était le petit neveu du conventionnel Girondin, qui mourut sur l'échafaud en 1794, et il avait épousé la fille de Marie, l'avocat célèbre dont le nom est dans toutes les mémoires.

Je laisse à d'autres plus compétents que moi le soin de parler de ses nombreux travaux, des monuments qu'il a su édifier ainsi que de ses œuvres littéraires, entre autres de son importante *Théorie de l'Architecture* célèbre à juste titre dans le monde des Arts, et je me bornerai à rappeler ses rapports avec l'École des Beaux-Arts.

Admis à l'École en décembre 1853, Guadet fut un brillant élève. Il obtint des médailles en Mathématiques, Perspective, Construction; la Grande Médaille d'émulation et, enfin, le Grand Prix de Rome, en 1864.

Il partit pour Rome ayant comme camarades de promotion Maillart, Delaplanche, Deschamps, Dutert et Sieg.

Il se rencontra à la Villa Médicis avec Machard, E. Barrias, H. Regnault, Degeorge, Gerhardt, Pascal, Moyaux, J. Jacquet, Bourgault-Ducoudray, E. Pessard, etc.

Depuis 1871, Guadet était professeur à l'École. Il avait recueilli la succession de Constant-Dufeux à la direction d'un atelier d'architecture, et le ministre d'alors, M. Jules Simon, fondait de grandes espérances sur l'impulsion que le nouveau professeur imprimerait par son enseignement. La suite devait prouver combien le choix avait été heureux.

Pendant vingt-trois ans, presque un quart de siècle, Guadet resta à la tête de son atelier et il sut former des élèves remarquables.

En 1894 survint la mort d'Edmond Guillaume, professeur de théorie de l'architecture. La question de la rédaction des programmes pour les concours est d'une telle importance que chacun de nous se préoccupait de savoir à qui l'on pourrait confier cette lourde tâche. Tous les yeux se tournèrent du côté de Guadet; mais il s'agissait de l'enlever à son atelier auquel il était profondément attaché. Cela paraissait impossible. On fit appel à son dévouement. Alors, tous les obstacles furent levés. Guadet, homme de devoir par excellence, fit taire ses préférences et ne vit que les services à rendre et que l'on réclamait de lui. Il consentit à abandonner ses élèves: c'était un sacrifice pénible. Il l'accomplit. Ce ne fut pas sans regret qu'il donna sa démission de « Patron », car il aimait profondément son atelier.

Ce rôle d'éducateur qui entraînait une grande responsabilité l'avait séduit. Dans cette nouvelle situation de rédacteur de programmes il continua à être ce qu'il avait été et ce qu'il fut toujours : un penseur, un metteur en œuvre et un artiste.

Peu d'hommes ont pu et su se créer une vie entourée de plus d'estime et de respect. Mettant par dessus tout l'accomplissement de son devoir, notre ami sera mort en pleine activité.

Vendredi dernier, au milieu de ses souffrances, il pensait encore à l'École — à l'École toujours — et il me faisait promettre, pour le lendemain matin, l'envoi de ses programmes. Il devait être frappé dimanche en prononçant le nom de sa chère école.

Nous compatissons à la profonde douleur de sa famille à laquelle nous offrons l'hommage de notre respectueuse sympathie et, en votre nom à tous, Messieurs, j'adresse à Guadet notre dernier et bien ému souvenir.

ALLOCUTION

DE M. MOYAUX

Membre de l'Institut

MESSIEURS,

Aucune perte ne peut être plus sensible que celle d'un véritable ami, tel que l'a toujours été pour moi l'homme bon, à l'esprit si cultivé qu'était Julien Guadet.

Aussi n'est-ce pas sans la grande inquiétude de ne pas me montrer à la hauteur de ma tâche, dans mon émotion et mon profond chagrin, en présence du deuil qui nous rassemble, que j'ai accepté de rendre un dernier hommage à la mémoire de mon cher ami, si regretté de tous.

Nous étions intimement liés depuis plus de soixante ans, notre amitié datant de notre première rencontre à l'École des Beaux-Arts; nous devions nous retrouver à Rome, à la villa Médicis, et faire ensemble plusieurs voyages d'étude en Italie.

De retour à Paris, nous devions encore suivre la même voie dans l'enseignement et l'administration des Bâtiments civils et nous ne devions pour ainsi dire pas nous perdre de vue pendant toute notre existence. Vous comprendrez le déchirement que devait me causer sa mort.

Guadet était foncièrement bon. D'un abord plutôt froid, tout au moins réservé, car il ne se livrait pas volontiers à l'inconnu, il devenait affable et souriant dès qu'il savait à qui il parlait, et si l'on méritait son estime on pouvait compter sur son obligeance en toute occasion. Savant, sa fréquentation était tout profit. Déjà, à l'École des Beaux-Arts, il avait la réputation de tout savoir et il est devenu capable de traiter avec compétence les questions les plus diverses d'art, de lettres, de science et de jurisprudence. Il écrivait avec une facilité et un talent vraiment incroyables.

Comme professeur à l'École des Beaux-Arts, il était tout dévouement pour les élèves, c'est par dévouement qu'il entreprit la publication de son cours de théorie d'architecture, vrai chef-d'œuvre d'érudition et de clarté, admirable ouvrage que tous les architectes ont entre les mains aussi bien à l'étranger qu'en France, faisant partout autorité. Guadet est le *Vitruve* moderne.

Inspecteur général des Bâtiments civils, sa puissance de travail, son talent d'écrivain, sa grande habitude des affaires de contentieux le faisaient mettre journellement à contribution pour le bien et l'honneur de l'administration à laquelle il consacrait sans compter ses connaissances techniques et juridiques et son temps.

Son absence du Conseil ne sera pas seulement regrettée comme excellent confrère, mais comme collaborateur donnant une grande force à nos décisions. On pourra lui succéder avec d'autres qualités, mais non le remplacer.

Il ne donnait jamais un avis sans y mettre l'empreinte personnelle de son bon sens et de sa droiture. C'est pour cette raison que la Société Centrale des Architectes français dont il fut un éminent Président, lui demanda pour son annuaire ce que doivent être pour l'architecte les devoirs professionnels envers lui-même, ses confrères, ses clients, les entrepreneurs, en vue de maintenir les traditions d'honorabilité dans notre profession trop souvent compromise par des hommes peu scrupuleux, chacun pouvant se dire architecte.

Guadet fut chargé de grands travaux. Il eut la joie d'attacher son nom au nouvel Hôtel des Postes, rue du Louvre, et à la reconstruction du Théâtre-Français. Mais s'il eut cette joie, ce ne fut pas sans mécomptes.

Le programme de l'Hôtel des Postes était rempli de difficultés, le terrain dont on disposait étant inondé et trop petit pour y mettre à l'aise tous les services exigés. Guadet se montra à la hauteur de la confiance qu'on avait en lui, on ne lui devait que des éloges. La construction est bien dans son ensemble et ses détails et l'aménagement des services y est irréprochable autant que le permettait l'exiguïté de l'emplacement.

Par malheur, au moment où devait avoir lieu l'inauguration, les monte-charges d'un système inusité se sont montrés défectueux. Ces monte-charges avaient dû être inventés de toutes pièces, à l'essai on dut décider de les abandonner. Beaucoup de commerçants s'étaient établis dans le voisinage de l'Hôtel dont l'inauguration était retardée malencontreusement pour leurs affaires. Ils se récrièrent et Guadet fut accusé du retard comme s'il pouvait être responsable des erreurs d'un mécanicien que la renommée avait fait choisir pour la combinaison spéciale et l'exécution des appareils seuls coupables des méfaits injustement reprochés à l'architecte.

Pour la reconstruction du Théâtre Français, après l'incendie qui rendait l'opération dangereuse pour les ouvriers et ceux qui devaient s'aventurer dans les décombres, Guadet eut de nouveau à subir d'injustes critiques. On prétendait qu'il avait promis que les travaux seraient terminés en deux mois. C'était pure invention pour donner satisfaction aux impatients. Guadet était trop sincère, trop expérimenté, trop sûr de lui pour avoir fait une telle promesse. Les travaux furent conduits avec toute l'activité possible, mais on lui reprochait des retards et il dut se défendre, quoique ces retards fussent imaginaires.

C'est d'ailleurs une règle que, si bien qu'il fasse, l'architecte soit critiqué. Le public en regardant un édifice ne se rend pas compte des difficultés de toutes sortes rencontrées pour aboutir à une œuvre d'art, de ce qu'il a fallu de travail, de recherches, de combinaisons infinies pour répondre aux besoins de notre époque, la construction étant devenue de plus en plus compliquée avec nos exigences de confortable. Oui, la critique est aisée. Comme pour l'Hôtel des Postes, on devait à Guadet de la reconnaissance, il n'eut que des ennuis immérités.

Guadet n'avait pas de clientèle, il a donc fait peu de travaux particuliers; sa maison du boulevard Saint-Germain, qu'on peut donner comme beau spécimen de construction bourgeoise, et quelques petits hôtels également à remarquer. Il s'était adonné plutôt aux édifices et aux expertises pour lesquelles il avait des aptitudes peu communes. On lui confiait surtout les affaires pour lesquelles sa grande expérience et son impartialité connue le désignaient particulièrement.

Guadet travaillait jusqu'au surmenage, pas une minute de sa vie n'est restée inoccupée. Calme et vigoureux, son labeur pouvait être sans trêve. Ses seuls moments de répit étaient pour ses amis qu'il aimait à recevoir, secondé par la femme si bienveillante et de cœur si généreux qu'est Mme Guadet, bien digne de son mari qu'elle adorait.

En famille, Guadet vivait heureux entouré de ses enfants, tous laborieux à l'exemple de leur père, et dont la bonne conduite lui donnait complète satisfaction.

Guadet, après une longue et douloureuse maladie, mais dont les souffrances ne pouvaient vaincre son esprit resté intact, a travaillé jusqu'à ses derniers moments. Il s'est éteint avec le calme d'une existence bien remplie et la conscience de n'avoir rien à se reprocher.

Je dois m'arrêter pour lui dire un dernier adieu. Puissent les sympathies unanimes de cette nombreuse assistance atténuer la douleur de sa famille si cruellement atteinte.

ALLOCUTION

DE M. LALANNE

Vice-Président de la Société Centrale des Architectes Français

MESDAMES, MESSIEURS,

MES CHERS CONFRÈRES,

La Société Centrale des Architectes français vient d'être bien cruellement frappée : son cher et vénéré Président, M. Julien Guadet, lui a été enlevé après de longs mois de souffrances, malgré les soins incessants dont il était entouré.

Tous ceux qui ont pu l'approcher depuis plus d'une année, ont été témoins des efforts stoïques qu'il opposait à la marche impitoyable de la maladie qui a fini par le terrasser.

Il y a quelques semaines, surmontant ses souffrances, il était venu présider l'une de nos Assemblées générales où devait se décider une grave question concernant notre Société.

A la fin de la séance, l'Assemblée tout entière lui avait voté par acclamation ses vifs sentiments de reconnaissance, et ce souvenir restera toujours présent à l'esprit de ceux qui ont été témoins de cette émouvante manifestation, dont il fut vivement touché.

Jusqu'au dernier moment, il n'a cessé de s'occuper de notre Société qu'il avait été appelé à présider, il y a dix-huit mois.

En présence d'une carrière si bien remplie, je ne puis ici que rappeler brièvement ses nombreux travaux, dont nous nous réservons de faire plus tard une description plus complète.

Élève de Labrouste et d'André, Julien Guadet, après de nombreux succès à l'École des Beaux-Arts, obtint le Grand Prix en 1864. Dès son retour de Rome, il fut nommé Architecte diocésain et exécuta d'intéressants travaux à Ajaccio, Rennes, Saint-Brieuc. A Paris, il fut chargé de l'édification du nouvel Hôtel des Postes, de la reconstruction du Théâtre-Français, etc.

Ces multiples occupations, les expertises que lui confiait le Tribunal, dont il était l'un des experts les plus autorisés, lui donnèrent bientôt une place prépondérante parmi tous ses confrères.

Inspecteur Général des Bâtiments Civils, Membre du Conseil Supérieur et Professeur de théorie d'Architecture à l'École des Beaux-Arts, les distinctions honorifiques ne lui firent pas défaut.

Aux Expositions universelles de 1878 et de 1889 il obtint d'abord une première médaille, puis une première médaille d'or; décoré en 1878, il fut fait officier de la Légion d'honneur en 1899.

Son affabilité, sa bienveillance pour les jeunes ne se démentirent pas un instant dans les diverses fonctions qu'il occupa à notre Société. Successivement censeur, vice-président et président, il m'a été donné personnellement, après plus de quarante années de relations cordiales, d'apprécier encore davantage ses qualités dans ces derniers temps.

En terminant je ne puis passer sous silence un des plus

beaux monuments d'une carrière si bien remplie : son ouvrage *Éléments et Théorie de l'Architecture* est connu et estimé dans le monde entier. En développant ainsi son cours professé à l'École des Beaux-Arts, il nous laisse un document impérissable de l'Art architectural. Ce travail méritait une distinction spéciale et exceptionnelle ; une grande médaille d'or fut décernée à son auteur, lors de notre Congrès en 1895.

Un rapport sur les devoirs professionnels de l'Architecte suivit la publication de cet ouvrage et en fut le complément, qui restera l'expression des sentiments les plus élevés que doivent posséder tous ceux qui exercent notre belle profession.

C'est le couronnement magistral d'une longue et belle carrière *qui n'a pas subi de défaillance,* ainsi que le disait lui-même notre regretté Président, dans un bien juste sentiment du devoir accompli.

Toute cette longue existence de talent, d'honneur et de travail est un bel héritage qu'il laisse à sa veuve, à ses enfants et à sa famille : puisse leur douleur être atténuée par cette pensée. C'est le vœu le plus sincère que nous formons tous et le souvenir de notre cher et regretté Président restera toujours gravé dans notre cœur.

Adieu, cher et vénéré Maître, adieu !

ALLOCUTION

DE M. YVON

Vice-président de la Société des architectes diplômés par le Gouvernement

MESSIEURS,

L'absence momentanée de notre Président, M. Bonnier, parti à Vienne pour représenter la Société des Architectes Diplômés par le Gouvernement au Congrès international d'Architecture, me vaut le pénible honneur de rendre, au nom de notre Société, les derniers devoirs à Julien Guadet et de m'approcher de cette tombe pour dire au Maître et à l'ami l'adieu des huit cents architectes qui la composent.

L'entrée de Guadet à la Société des Diplômés date du jour où le diplôme fut attribué de droit aux titulaires du Grand Prix de Rome en architecture. Depuis lors, le Maître n'a jamais cessé de s'intéresser à elle, d'encourager ses efforts et de les soutenir par l'inlassable appui de sa haute autorité et de son expérience. Lorsque, à la fin de 1905, notre respectueuse affection et notre admiration profonde pour l'artiste et pour l'homme l'appelèrent à siéger dans notre Comité, quelques-uns parmi nous n'osaient espérer le voir souvent y prendre place, ceux, plus particulièrement, qui connaissaient la multitude de ses occupations et de ses obligations. Ils se trompaient : quand Julien Guadet acceptait une fonction, il la considérait comme un devoir sacré à remplir, auquel son admirable conscience lui interdisait de se dérober; et nous avons vu ce travailleur acharné assister, presque jusqu'à son dernier souffle, à nos réunions, prendre la part la plus active à nos délibérations qu'il éclairait de son bon sens toujours en éveil. Partout où passait Guadet, c'était l'Exemple qui passait, et cet inspecteur général des Bâtiments civils, cet apôtre de l'enseignement de notre-Art, ce Président de la Société Centrale des Architectes Français, ce grand confrère donnait l'exemple aux jeunes: que son service de l'État, son cours à l'École des Beaux-Arts, sa présence rue Danton l'obligeassent à manquer une séance du Comité, alors il en avisait par lettre notre Président, et, durant trois années, son nom n'a figuré que bien rarement parmi les « absents ».

Cette assiduité, qui avait développé en lui l'affection qu'il professait pour notre Société, affection qui n'avait d'égale que son amour pour la Société Centrale, a porté ses fruits: Julien Guadet a couronné sa superbe carrière en cimentant l'union la plus bienfaisante pour notre corporation. Ce fut un des plus beaux gestes et l'un des plus courageux de sa vie!!! La plupart des confrères qui m'entourent se souviennent de cette récente Assemblée générale de la Société Centrale, au cours de laquelle fut discutée une proposition d'autant plus grave que son heureuse solution devait affirmer la collaboration féconde des deux plus grandes Sociétés d'architectes. Contre toute attente, car nous le savions bien malade, nous avons vu monsieur Guadet, dont le corps était déjà vaincu par la souffrance, mais dont l'âme restait vibrante de jeunesse, nous l'avons vu, soutenu par son fils, apparaître au fauteuil présidentiel. Il pressentait que sa présence assurerait une victoire qui lui était d'autant plus chère qu'elle devait faire triompher la vérité, et, quand cette victoire fut remportée, son émotion, la dernière peut-être qu'il éprouva au milieu de ses confrères qui, par leurs ovations, lui témoignaient leur infinie gratitude, son émotion semblait nous dire : « Ne me remerciez pas, je suis plus heureux que vous ! »

Messieurs, en rappelant ici ce que fut l'un de nos meilleurs collaborateurs et le plus avisé des conseils de la Société des Architectes diplômés par le Gouvernement, je ne puis m'empêcher de songer à la déférente attention qui, chez nous comme partout ailleurs, s'attachait à sa parole, non pas seulement parce que celle-ci était sereine et juste, mais aussi parce que, en sortant de sa bouche, elle allait vers d'anciens disciples, que l'étude de notre Art a élevés dans la permanente confiance en leurs maîtres : et nous étions tous, aux Diplômés, plus ou moins les élèves de Julien Guadet, que les uns sortissent de son atelier, que d'autres eussent suivi ses cours de théorie, qu'il a si merveilleusement condensés dans un ouvrage, vrai monument d'architecture, ou bien qu'ils eussent étudié leurs projets de concours sur ses programmes si étonnamment variés de forme et de conception qu'ils sont à eux seuls toute une œuvre. Aussi la préoccupation de Guadet d'assurer, dans la mesure du possible, l'avenir de ces jeunes artistes, un peu ses enfants, dont il connaissait mieux que quiconque les efforts et, souvent, les sacrifices, se manifestait-elle en toute occasion.

Nous en trouvons une preuve toute récente dans les termes même du Décret de réorganisation du Service des

Bâtiments civils qui laisse une porte ouverte aux architectes diplômés par le Gouvernement. N'est-ce pas à Guadet et à ses trois collègues, MM. les Inspecteurs généraux, qui sont aussi trois des maîtres de notre art, que nous sommes redevables de cette disposition nouvelle?

Ainsi, Messieurs, en regardant derrière nous, de quelque côté que se tournent nos regards, nous apercevons toujours Julien Guadet sur la brèche pour nous défendre et pour nous aider.

J'apporte à sa mémoire le tribut de notre reconnaissance émue! Si la France perd en lui un de ses plus nobles et de ses plus fermes caractères, un de ses plus fiers esprits, un de ses plus purs artistes, si l'État perd en lui un de ses serviteurs les plus dévoués, la Société des Architectes diplômés par le Gouvernement porte le deuil d'un de ses plus puissants et de ses plus chers auxiliaires, dont elle conservera pieusement l'inaltérable souvenir. En son nom, au nom de son Président, j'adresse à sa veuve, à sa famille si étroitement unie, et, en particulier, à son fils Paul, notre camarade et notre ami, l'expression d'une respectueuse et bien douloureuse sympathie.

ALLOCUTION

DE M. CARRIER

AU NOM DES ANCIENS ÉLÈVES DE M. GUADET

MESDAMES,

MESSIEURS,

Au seuil sacré de cette dernière demeure, où nous accompagnons aujourd'hui notre cher et vénéré Maître, c'est au nom de ses anciens élèves que j'ai le triste honneur d'adresser à celui que nous pleurons un adieu rempli de regrets, de gratitude et d'affection profonde.

D'autres, plus autorisés que moi, vous ont retracé la noble vie et la carrière si remplie de l'homme éminent que fut Julien Guadet; mais n'est-ce pas à ses élèves surtout qu'il appartient de dire ce que fut le professeur aussi bien par la lucidité de sa belle intelligence que par les qualités de son cœur.

En 1872, l'esprit encore tout rempli des chaudes visions d'art qu'il rapportait de ses années de Rome, Julien Guadet fut appelé, grâce à sa notoriété déjà établie, à diriger un des trois ateliers de l'École des Beaux-Arts.

On peut dire que c'était une création à faire. Car la guerre et ses tristes suites l'avaient fait vide d'élèves.

Sous l'heureuse influence du Maître, les disciples affluèrent et ce fut bientôt un des plus nombreux et des plus prospères ateliers de l'École.

Il était à son apogée en 1894 quand il le quitta avec tant de regrets pour se charger de la chaire de professeur de théorie de l'Architecture.

Le Conseil supérieur, à l'unanimité, le désignait pour ce poste de haut enseignement, qu'il n'accepta, comme il nous dit lui-même, que parce qu'il y avait là, pour lui, un devoir à remplir, un dévouement à apporter, et un sacrifice à accepter.

Il lui fallait bien ces austères considérations pour le décider à laisser son cher atelier!

Mais, ses élèves, il ne les abandonna pas. Après nous avoir pendant tant d'années consacré tous ses soins, toute sa lumineuse intelligence, toutes ses sollicitudes paternelles, il resta pour nous le père et l'ami.

Chaque année, il se fit un devoir de présider le banquet qui nous réunissait, ne pensant même pas que la maladie pût le dispenser de cette fatigue, car son affection pour nous la transformait presque en plaisir.

Dans ces réunions amicales, ses causeries si simples et si fines avaient surtout pour but de maintenir, entre ses anciens élèves, une union et une camaraderie que nous puisons dans nos vieux et chers souvenirs d'École, mais aussi dans la vive affection vouée par tous au cher Patron.

Sa porte nous était toujours ouverte et aussi son intelligence et son cœur.

Dans toutes les circonstances heureuses, tristes ou compliquées de la vie, nous trouvions en lui un ami bienveillant, une vision sereine, un guide sûr.

Combien parmi nous furent admis dans son intimité! car la noble compagne de sa vie avait compris quelle part nous avions dans les affections de son mari, et elle aussi, avait fait à son foyer une place à cette grande famille.

Enfin, pour couronner sa carrière, après nous avoir prodigué pendant nos bonnes années d'études son enseignement si personnel et si général, si précis et si artistique, si clair et si élevé, il le condensa pour *tous* dans son magnifique ouvrage : *Éléments et théorie de l'Architecture.*

Je ne puis trouver aucunes paroles, Mesdames et Messieurs, qui puissent vous rendre aussi tangible l'esprit de son enseignement que sa parole elle-même. Laissez-moi vous citer quelques phrases de la leçon d'ouverture du cours de théorie. Elles vous montreront comment il comprit cette belle mission qui lui incomba de former des hommes, en même temps que des artistes et des praticiens.

« Je n'ai certes pas besoin de dire que ce n'est pas sans « un profond regret que je quitte cet enseignement d'ate- « lier dans lequel j'ai vécu près de vingt-cinq ans...

« Chez nous le maître est un ami, un ami plus expéri- « menté qui guide ses jeunes amis, qui les conseille, qui « étudie avec eux, tâtonne avec eux, hésite avec eux... « Pour cet enseignement, continue-t-il plus loin, une qua- « lité surtout, un tempérament, une vertu est nécessaire : « le maître, dans son atelier, est et doit être un homme de « cœur. Sans le cœur il n'y a pas d'enseignement artistique. « Le talent ne suffit pas, il faut encore la passion de se « prodiguer soi-même, l'expansion ardente et chaleureuse; « il faut cette amitié dont je vous parlais, cette amitié qui « fait que l'élève a toute confiance en son maître, que le « maître à son tour sait qu'il peut compter sur ses élèves,

« qu'il sera récompensé de ses efforts par ceux qu'il verra « faire autour et à côté de lui... »

Ces belles paroles, que je suis forcé d'écourter bien à regret, ne sont-elles pas le programme idéal de tout enseignement? l'on comprendra, n'est-ce pas, que nous, qui avons eu le bonheur d'avoir un tel maître, nous lui ayons voué un véritable culte.

Aussi, comme nous l'aimions profondément notre cher Patron, comme il nous avait conquis par son intelligence, source, pour les nôtres, de toute beauté!

Comme il nous avait conquis aussi avec son cœur que nous savions tout à nous et qui cachait son dévouement, à ceux qui ne le connaissaient pas encore, sous sa belle figure austère et mélancolique.

Aussi nous avons souffert avec les siens de voir l'implacable maladie terrasser peu à peu ses forces tandis qu'il gardait heureusement l'intégrité de sa pensée et de son cœur!

C'est que son âme et sa pensée ne pouvaient mourir; et, en adressant à sa dépouille mortelle l'adieu déchirant qu'on fait à ceux qui entrent dans le tombeau, nous sentons qu'il nous reste avec son souvenir vivace l'intelligence noble et sereine qui lui survit dans ses œuvres.

Puissent les preuves de respectueuse affection qui entourent la tombe de notre cher Maître servir d'adoucissement à la peine cruelle de sa famille et resserrer le lien qui nous unit particulièrement à son fils aîné, notre cher camarade d'atelier.

ALLOCUTION

DE M. DROUET

Grand Massier des Ateliers de l'École

Au nom de tous les ateliers d'Architecture de l'École, au nom des Massiers et de tous les camarades qui furent ses élèves, je viens dire sur cette tombe les regrets profonds et unanimes qu'emporte avec lui notre Maître.

Je souhaite que l'expression de notre douloureuse sympathie adoucisse pour les siens la tristesse d'un deuil qui est aussi celui de l'École tout entière.

L'affection et le respect dont nous ne cesserons d'honorer sa mémoire dureront aussi longtemps que ceux qui ont connu et aimé ce Maître dont la vie leur fut toute dévouée, et dont le vigoureux et clair enseignement a formé et formera longtemps encore de pieux disciples.

Et c'est au nom de tous ceux qui sont encore à l'École que je viens dire à ce Maître vénéré notre dernier et suprême adieu.

JULIEN GUADET

SA VIE ET SES ŒUVRES

L'Architecture contemporaine vient de faire une perte cruelle: Julien Guadet n'est plus.

Le vide que sa mort a créé est d'autant plus considérable que non seulement il remplissait supérieurement les hautes fonctions que son travail persévérant, son grand talent lui avaient values, mais encore et, peut-être surtout, parce qu'il était un maître, estimé tout particulièrement pour son caractère élevé et pour ses conseils éclairés.

Tous les architectes appréciaient son dévouement professionnel; ils savaient combien sa haute intelligence, sa bienveillance et sa droiture étaient toujours prêtes à défendre, à faire prévaloir le juste et l'utile.

Julien Guadet a appliqué son esprit ordonné, son amour du vrai, aux diverses manifestations qu'un architecte peut donner de son activité. Artiste, ses œuvres, par leur cachet personnel si profond, ont plusieurs fois donné l'impulsion au progrès. Professeur, il laissera par son enseignement et plus encore par ses *Éléments et Théorie de l'Architecture* un souvenir impérissable. Expert, Inspecteur général, ses avis étaient tous frappés au coin de cette clairvoyance, de cette pénétration qui les rendaient infiniment précieux.

Julien Guadet naquit à Paris, le 23 décembre 1834, d'une famille originaire de Saint-Émilion; son aïeul, maire de cette ville sous Louis XVI, put déjà faire preuve de libéralisme au cours des luttes économiques dont cette région de la Gironde était alors le théâtre.

Son grand-père, officier de marine, était le frère du conventionnel qui fut une des gloires de la Révolution. Imbu des vrais principes républicains, J. Guadet avait un grand sentiment d'indépendance: il en donna la première preuve au moment où, en 1863, le gouvernement impérial voulut réorganiser, mieux vaudrait dire désorganiser, l'École des Beaux-Arts, en supprimant les ateliers extérieurs, en bouleversant l'enseignement, en fixant à vingt-cinq ans la limite d'âge pour le concours de Rome. Cette dernière réforme arrêtait dans leurs études les plus brillants élèves de l'École et ruinait leurs espérances. J. Guadet, élève de H. Labrouste et de Jules André était titulaire du prix Rougevin, du prix A. Blouet, de la Grande Médaille d'Émulation, du Second Grand Prix de Rome; vrai Girondin, il fut de ceux qui, organisant la résistance, réussirent à faire modifier le projet de règlement et l'administration décida que le Grand Prix pourrait être décerné pendant quelques années encore aux jeunes gens ayant moins de trente ans.

Dès l'année suivante, en 1864, Julien Guadet obtint le Premier Grand Prix avec un projet d'Hospice dans les Alpes comprenant une église avec un couvent, une hôtellerie pour les voyageurs, des bâtiments de dépendances: l'ensemble, groupé sur le flanc abrupt d'une haute montagne, a un aspect puissant dont le caractère convenait au tempérament de l'auteur du projet; on y trouve aussi une sincère vision des réalités.

En Italie, comme pensionnaire de l'Académie de France, Guadet fut pendant cinq ans l'hôte de la villa Médicis, le camarade de Delaplanche, Barrias, H. Regnault, Machard, Brune, etc. Cette vie de recueillement, de travail lui plaisait, convenait à son esprit appliqué, à son besoin d'approfondir ses admirations. Il ne se contenta pas de faire de beaux dessins sur le temple de Mars Vengeur, sur les Loges de Raphaël au Vatican, ou sur les Procuraties de Venise, d'exécuter de nombreux croquis et de belles aquarelles d'après les monuments les plus caractéristiques des régions visitées par lui; ses tendances investigatrices le portèrent encore à étudier pour lui-même, en dehors des prescriptions du règlement, le Colisée, un des édifices les plus considérables que nous ait légués l'Antiquité. Après l'avoir mesuré, en avoir étudié la construction dans ses moindres détails, il rendit compte dans une série de savantes perspectives de la structure de cet étonnant et vaste monument. Cette étude, composée de douze dessins et de quelques pages de texte, fut si appréciée que la publication en fut faite peu après en un volume in-folio.

Ce grand travail ne l'empêcha pas de produire deux œuvres importantes pour ses deux dernières années de pension : la restauration du Forum de Trajan et de la Basilique Ulpienne, dont les dessins sont à la Bibliothèque de l'École des Beaux-Arts, et un monument à la mémoire des Girondins.

La pensée d'honorer la mémoire des grands contemporains et amis de son ancêtre l'inspira heureusement; la composition du projet est noble et belle : entourée des trente-deux tombes rangées autour d'un amphithéâtre, une statue de la Liberté se voilant domine une tribune vide et enguirlandée de fleurs de deuil. Cette œuvre est la première où se révèle la conception décorative de l'artiste, avec ses parties ornées se détachant franchement sur des fonds plus sobres.

Le sujet de ce projet de monument, les qualités qu'il faisait connaître firent sensation et attirèrent l'attention sur son auteur: c'était à la fin de l'Empire. Aussi, après la guerre, en 1871, Julien Guadet fut-il nommé chef d'atelier à l'École des Beaux-Arts, en remplacement de Constant Dufeux. Ce dut être pour lui une vive joie: ce rôle d'éducateur plaisait à son caractère bienveillant, à son esprit à la fois réfléchi et brillant. Enseigner était pour lui une satisfaction, l'accomplissement d'un devoir, et son atelier devint rapidement un des plus fréquentés; dès lors, il commença à avoir sur l'enseignement une influence qui alla toujours en augmentant.

En 1876, Julien Guadet construisit pour le peintre Lerolle un hôtel d'artiste, avenue Duquesne, avec façade en moellons, briques et céramique; il exécuta vers la même époque sa maison de campagne de Chaville, avec façade en meulière et pierre, que des adjonctions successives ont rendue si pittoresque au milieu de la verdure des bois.

C'est vers cette époque également qu'il fut admis au nombre des experts près le Tribunal Civil de la Seine; ce fut pour lui l'occasion d'appliquer ses dons d'analyste. L'étude d'une affaire l'intéressait, fût-elle ardue, s'il y voyait une occasion de se livrer à des recherches, à des investigations qu'il excellait à résumer dans un style solide et savoureux. Ses rapports étaient fort goûtés pour leur clarté et leur précision.

Chargé par l'État d'étudier un Hôtel des Postes pour Paris, Julien Guadet se trouva en présence de difficultés de toutes sortes. Pour grand que fût le terrain désigné, il était encore trop petit pour la multiplicité des services qu'il devait contenir, ce qui obligea Guadet à couvrir la surface entière, ne laissant inoccupés que les espaces strictement nécessaires pour l'éclairage et l'aération. Tous ces services furent répartis en un sous-sol et trois étages, reliés par des escaliers et des appareils mécaniques destinés à rendre les manutentions plus rapides. Ce fut en 1881 que commença l'exécution; toute la construction intérieure est en fer et forme un vaste abri sous lequel sont distribués, à chaque étage, les divers services qui sont séparés seulement par de légères cloisons, facilement déplaçables; les façades sobres et voulues, en pierre, affirment les tendances architecturales et le rationalisme de l'artiste. On retrouve ces tendances plus développées et marquées d'une personnalité plus libre dans la maison qu'il édifia en 1888 au boulevard Saint-Germain. La façade surtout, avec ses grands nus perçés de baies dépourvues de moulurations, ses balcons robustes aux fortes consoles, ses ornements sobres et puissants mais sans lourdeur, marqua le point de départ d'nne véritable évolution dans la manière de comprendre la décoration des immeubles d'habitation. Les principes qui avaient guidé son auteur ne tardèrent pas à former des adeptes nombreux qui les suivirent dans leurs compositions. Ce fut aussi une des premières maisons où furent installés les perfectionnements aujourd'hui d'usage courant, tels que calorifère à eau chaude et ascenseur.

Aux Bâtiments Civils, il fut avant son départ pour Rome, attaché à l'agence de l'Opéra, où il étudia surtout, sous la direction de Ch. Garnier, le grand escalier; après la guerre, il collabora avec son maître J. André à la construction des nouvelles Galeries du Museum. Puis, chargé de l'entretien du Palais-Royal, il lui incomba de reconstruire la salle du Théâtre Français, œuvre du célèbre architecte V. Louis, que des transformations successives avaient profondément modifiée. L'émoi fut grand, le 8 mars 1900, quand un incendie fit disparaître cette scène au moment où les étrangers accouraient à Paris, désireux d'entendre les chefs-d'œuvre de la littérature française.

La reconstruction sur place fut entreprise d'urgence. Julien Guadet eut à vaincre bien des difficultés pour mener à bien et rapidement ces travaux d'une complexité extrême: il eût pu faire œuvre personnelle; mais obéissant à un pieux scrupule et pressé par le temps, il décida de conserver l'aspect de cette salle qu'avaient consacrée tant de grands succès, tout en employant les procédés modernes de construction et en améliorant les dispositions intérieures.

Architecte diocésain, il s'occupa des édifices religieux d'Ajaccio, de Rennes et de Saint-Brieuc; il construisit les tombeaux de Monseigneur Gonindard à Rennes, de Saint Guillaume à Saint-Brieuc, avec une science et une recherche qui montrent l'éclectisme de son savoir.

Mais une autre de ses œuvres, de même nature, le tombeau élevé à la mémoire de Delaplanche, son camarade de Rome, avec sa grande pierre dressée, en avant de laquelle sont placés une selle et les outils du sculpteur, donne mieux l'idée de la manière simple dont il comprenait un monument funéraire.

Julien Guadet, aimant la lutte, ne pouvait se résoudre à rester prudemment à l'écart des concours publics; à trois reprises, pour le Musée de Nantes, pour les palais des Champs-Élysées, pour la caserne des Célestins, il tenta la fortune; malheureusement ses œuvres raisonnées mais dépourvues de la facture brillante et un peu factice, si nécessaire à la réussite dans les concours publics, ne furent pas appréciées comme il convenait.

Toutes ces occupations ne suffisaient pas à son activité; Julien Guadet n'était pas seulement un artiste de haute valeur, il était un penseur, aimant à conseiller, à diriger.

Doué d'une grande puissance de travail, ayant beaucoup étudié tout ce qui touche à l'Art, à la Science, au Droit, sachant résumer sa pensée en un style élégant et concis, abordant toujours bravement la discussion, il luttait obstinément pour faire triompher ses idées. Ces qualités lui firent une place à part au milieu des architectes; aussi tous pensèrent à lui comme professeur de Théorie de l'Architecture à l'École des Beaux-Arts quand, en 1894, cette chaire devint vacante. Ce fut avec un vif chagrin qu'il se décida à quitter ses élèves qui l'affectionnaient, l'atelier qu'il dirigeait si bien depuis ving-quatre ans, mais il considéra comme un devoir d'accepter une fonction, particulièrement difficile à remplir, dont l'influence est considérable sur les études de tous les élèves et il céda aux instances de ses collègues. L'ayant acceptée, il se dévoua entièrement à sa nouvelle tâche et y réussit pleinement.

En donnant pendant quatorze ans des sujets à traiter, toujours variés, des programmes plus près de la réalité que ceux en usage jusqu'alors, en obligeant les élèves de seconde classe à analyser des parties d'édifices, à se préparer aux épreuves de la première classe par des esquisses de compositions importantes, Julien Guadet a imprimé aux études une tournure nouvelle. Il consacra son œuvre par la publication d'un ouvrage intitulé *Éléments et Théorie de l'Architecture* et ainsi mérita la reconnaissance de tous les architectes. L'érudition éclairée qu'il y a déployée, les précieux conseils et l'abondance des renseignements qu'il y donne, enfin la hauteur d'esprit avec laquelle sont définis les devoirs de l'architecte, font de ce livre d'éducation un ouvrage de premier ordre, d'une réputation universelle.

Son dévouement aux élèves, à l'École des Beaux-Arts, était sans bornes; tout ce qui se rapportait aux études l'intéressait, aussi fut-il un des défenseurs du diplôme qui est décerné aux élèves après qu'ils ont subi avec succès de nombreuses épreuves et étudia-t-il avec soin l'organisation des Écoles Régionales dont la création avait été décidée, chargé qu'il était d'en élaborer le règlement dans un rapport d'ensemble.

Désigné en 1895 comme inspecteur général des Bâtiments Civils, il remplit ces fonctions d'une façon inoubliable, et fut chargé notamment par le ministre de l'Instruction Publique de rédiger un rapport sur la révision du Code Civil en ce qui concerne le bâtiment et la propriété immobilière.

Malgré toutes ces occupations, Julien Guadet était toujours prêt à résumer en de précieux rapports les travaux des nombreuses commissions ou jurys où l'appelaient à siéger l'estime de ses confrères et la confiance des administrations. Celui rédigé à la suite du concours ouvert pour arrêter les dispositions générales de l'Exposition Universelle de 1900, a eu une importance capitale. Sous l'impression des discussions qui s'étaient produites au sein du jury, il se fit le promoteur de l'idée émise par quelques-uns des concurrents de démolir le Palais de l'Industrie pour ouvrir une large avenue aboutissant par un pont monumental à l'Esplanade des Invalides. Cette idée, réalisée depuis, a créé une des plus belles perspectives de Paris.

Ses confrères étaient heureux de le voir appliquer son expérience perspicace à la défense de l'honneur et des intérêts de leur profession. La Société des Architectes Diplômés par le Gouvernement était fière de le compter au nombre de ses membres les plus actifs, de profiter de ses conseils; la Société Centrale des Architectes Français, pour laquelle il avait rédigé un remarquable rapport, sorte de statut de la profession, où il définissait les devoirs de l'architecte envers ses clients, ses confrères, les entrepreneurs et.... lui-même, rapport adopté à l'unanimité par le Congrès des Architectes tenu à Bordeaux en 1895, l'avait choisi à deux reprises comme Président.

Les anciens élèves sachant combien il s'intéressait à leurs succès, à leurs peines, aimaient à se grouper autour de lui en des banquets, qu'il était heureux de présider paternellement.

Dévoué à ses amis, à ses camarades jeunes et vieux de Rome et d'Athènes, qui l'avaient nommé Président de leur Association, il trouvait le temps de s'occuper sans relâche à resserrer le lien de leurs amicales réunions. Ce fut en grande partie à son dévouement, à son zèle, que fut due la célébration du Centenaire de la Villa Médicis en 1903. Nombreux ont été ceux que l'on récompensa en cette occasion : lui, l'organisateur, le premier de l'association ne le fut pas ; mais Guadet était un philosophe qui s'intéressait à sa tâche pour elle-même, non pour les vains honneurs qu'elle aurait dû lui attirer ; et d'ailleurs, s'il avait eu un instant de défaillance ou de dépit, l'affection dévouée d'une compagne digne de lui, le tendre respect d'enfants bien faits pour perpétuer les nobles enseignements de leurs parents, l'auraient vite consolé de déboires passagers.

Esclave des devoirs de ses diverses charges et bien qu'accablé par la souffrance, il lutta jusqu'à la dernière heure pour les accomplir selon sa conscience. C'est un sage qui mourut le 17 mai 1908, ayant par l'élévation de son esprit, la droiture de sa vie et l'importance de son talent, ajouté encore à la notoriété du nom célèbre qu'il s'honorait de porter.

4 Juin 1908.

E. Paulin,

Professeur à l'École des Beaux-Arts.

Imp. G. Kadar, Paris.

www.ingramcontent.com/pod-product-compliance
Ingram Content Group UK Ltd.
Pitfield, Milton Keynes, MK11 3LW, UK
UKHW020954220726
13924UKWH00002B/686

9 782019 925291